© Adalberto Cornavaca, 2022

1ª Edição, Gaudí Editorial, São Paulo 2023

Jefferson L. Alves – diretor editorial
Flávio Samuel – gerente de produção
Jefferson Campos – assistente de produção
Juliana Tomasello – coordenadora editorial
Amanda Meneguete – assistente editorial
Giovana Sobral – revisão
Adalberto Cornavaca – ilustrações
Taís do Lago – diagramação

Dados Internacionais de Catalogação na Publicação (CIP)
(Câmara Brasileira do Livro, SP, Brasil)

Cornavaca, Adalberto
 Você tomou banho hoje? / Adalberto Cornavaca ; [ilustrações do autor]. – São Paulo : Gaudí Editorial, 2023.

 ISBN 978-65-87659-31-2

 1. Literatura infantojuvenil I. Título.

22-138714   CDD-028.5

Índices para catálogo sistemático:
1. Literatura infantil   028.5
2. Literatura infantojuvenil   028.5

Inajara Pires de Souza - Bibliotecária - CRB PR-001652/O

Obra atualizada conforme o
NOVO ACORDO ORTOGRÁFICO DA LÍNGUA PORTUGUESA

Gaudí Editorial Ltda.
Rua Pirapitingui, 111, 1º andar – Liberdade
CEP 01508-020 – São Paulo – SP
Tel.: (11) 3277-7999
e-mail: gaudi@gaudieditorial.com.br

 gaudieditorial.com.br   @globaleditora

 /gaudieditorial   @gaudieditorial

 /globaleditora   /globaleditora

blog.grupoeditorialglobal.com.br

Direitos reservados.
Colabore com a produção científica e cultural.
Proibida a reprodução total ou parcial desta obra sem a autorização do editor.

Nº de Catálogo: **4596**

Adalberto Cornavaca

Você Tomou Banho Hoje?

Ilustrações do autor

1ª edição
São Paulo
2023

O dia amanheceu feliz no Pantanal.

Bandos de pássaros saúdam a chegada da primavera fazendo grande algazarra.

As chuvas de março foram volumosas e fizeram renascer o verde dos campos e das florestas após os danos provocados por grandes incêndios.*

Garças e tuiuiús voltaram a construir seus ninhos nas árvores mais altas, e patos silvestres, sapos, jacarés e ariranhas mergulham novamente nas lagoas ornadas por belas plantas aquáticas.

Nos rios caudalosos, os peixes manifestam sua gratidão, dando pulos enormes.

Há perfume no ar e alegria pela restauração da natureza.

* O período de chuvas no Pantanal vai de novembro a março. Quando chove bem nesse período, a natureza tem o outono e o inverno para se recuperar e explode em toda sua beleza na primavera.

A galerinha mais nova, formando uma grande roda, entoa singelas cantigas. A preferida é "O sapo não lava o pé".

O sapo não lava o pé
Não lava porque não quer.
Ele mora lá na lagoa e
não lava o pé porque não quer.
Mas que chulé!

— Ei! Ei! Parem com isso! Que história é essa?
A roda parou e todos se entreolharam querendo saber quem falou.
— Fui eu, o sapo Policarpo. Isso que estão cantando não é verdadeiro nem justo com a galera dos sapos!

— Por que você acha isso, Policarpo? — perguntou Fabinha, a pequena cutia.

— Veja, amiga Fabinha, como podem dizer que eu não lavo o pé, se fico o dia inteiro dentro d'água? Eu lavo muito bem os pés e o resto do corpo também. Nós, os sapos, somos muito limpinhos!

— Você está certo, amigo. Vou propor que seja mudada a letra dessa cantiga — respondeu Fabinha.

— E nós concordamos! — responderam os demais componentes da roda.

— Na nossa escola, a professora vive falando da importância de tomar banho todos os dias — lembrou Gumercindo, o tatu-bola.

— Então vamos falar com ela pra ver o que acha da proposta da Fabinha — disse Tainá, a pequena lontra.

Assim, todos juntos, saíram correndo em direção à escola.

— Parem, parem! Cadê o Pitoco? Alguém viu? — perguntou Romão, o lobinho-guará.

Ninguém respondeu. Ninguém viu.

— Pitoco, onde está você? Apareça! Estamos indo falar com a professora!

Nenhuma resposta. O silêncio em volta do grupo era tão grande que dava para ouvir o zumbido de uma abelha.

— Amigos, não podemos ir sem o Pitoco! O que será que aconteceu? Como pode sumir assim, de repente? — perguntou Ada, a oncinha-pintada.

— Vamos procurar. Temos que achar o nosso amigo — disse Ditinho, o sagui.

Reviraram tudo: moitas, capinzais, troncos ocos, olharam na copa das árvores e até na toca do tatu. Olharam tudo, e nada do Pitoco.

Um tucano, que passava por perto e viu o movimento da galera, disse:

— Se estão procurando um gambazinho, eu vi um lá atrás daquelas pedras. E estava chorando!

A galera levou o maior susto ao ouvir o relato do tucano. Em seguida, todos saíram correndo em direção às pedras.

Quando chegaram, viram o pequeno gambá encolhido e chorando baixinho.

— Pitoco! O que aconteceu? Por que está chorando? — perguntaram todos ao mesmo tempo.

Pitoco não respondeu. Permaneceu encolhido olhando para a galera com lágrimas nos olhos.

— Alguém disse alguma coisa que magoou você? — perguntou Fabinha.

— Não, ninguém me magoou — respondeu Pitoco. — É que…

— É que o quê, amigo? Fala! Nosso grupo é muito unido e temos que ajudar uns aos outros — disse Romão.

— É que estavam falando em tomar banho e… E eu… Eu não tomo banho! Nunca! — confessou o gambazinho.

— Nunca tomou banho, amigo? Por quê? — perguntou Tainá.

— É que tenho medo de água. Sinto muito frio e também acho que posso ser devorado por um tubarão — respondeu Pitoco.

— Tubarão! Não tem tubarões aqui no Pantanal! E a água das nossas lagoas é bem morninha — disse Tainá.

— Venha, vamos todos mergulhar na lagoa azul, e o sapo Policarpo nos dará aulas de natação. Se não gostar, não precisa entrar. Você fica só olhando — propôs Gumercindo.

E todos foram mergulhar na lagoa azul.

A água estava uma delícia! Morninha, cristalina, cheia de peixinhos coloridos e tartarugas divertidas.

Pitoco, sentado sobre uma pedra, olhava seus amigos, que pareciam estar curtindo muito.

Timidamente colocou um pé na água e achou agradável.

— Ei, galera! Acho que vou mergulhar também — disse tremendo da cabeça aos pés.

— Venha, Pitoco! Não tenha medo. Nós estamos aqui. Se não gostar, ajudamos você a sair — disseram em coro.

SPLASH!

Pitoco mergulhou! Todos pararam para ver. E, quando o pequeno gambá pôs a cabeça fora d'água, viu os olhos de todos fixos nele.

— Adorei! — disse com alegria. — Nunca imaginei que fosse tão gostoso! Quero aprender a nadar também!

Todos aplaudiram e ensinaram Pitoco a lavar bem os pés e o resto do corpo também. Depois, quando toda a galera já estava de banho tomado, Fabinha jogou sobre eles gotas de um perfume que ela mesma fez com flores do campo.

— Agora, além de limpos, estão cheirosos — disse Fabinha.

— E eu, além de cheiroso, estou muito feliz. Feliz por ter amigos como vocês, que me ajudaram a vencer o medo e... E também a preguiça! Sim, eu sabia que não cheirava bem, mas tinha uma preguiça danada de experimentar o que é tomar banho — confessou o gambazinho.

— Amigo é para essas coisas, Pitoco! Agora vamos ajudar a galera dos sapos também.

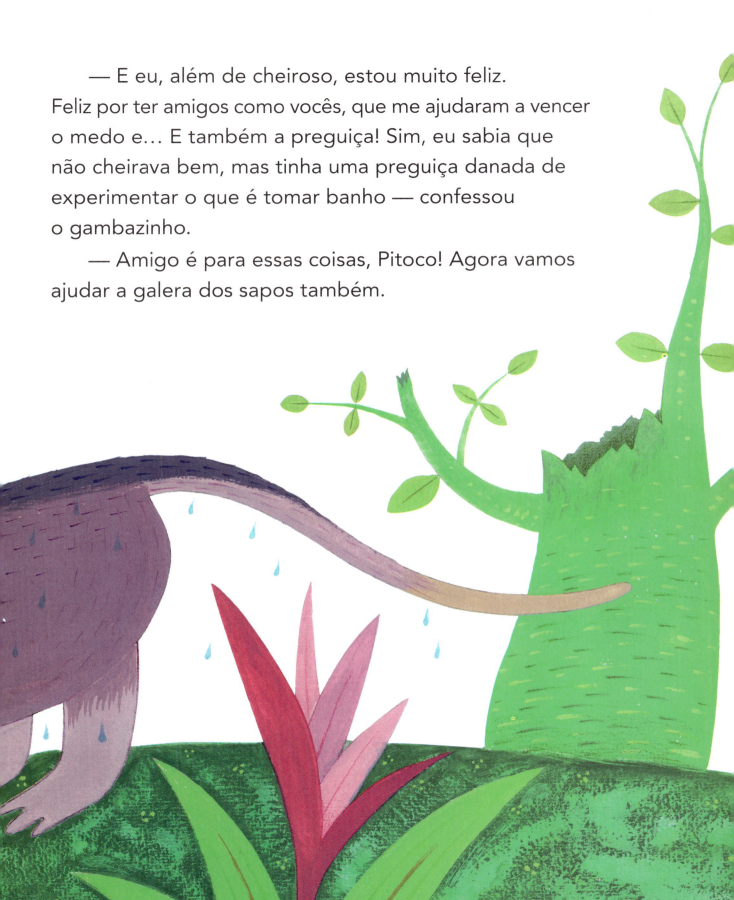

— O que acham desta nova versão da cantiga? — perguntou Tainá.

*O sapo lava o pé
E todo o corpo também.
Ele mora lá na lagoa e
lava o pé muito, muito bem!
Mas muito bem!*

— Adoramos, Tainá. Parabéns! — disseram todos.

— Eu também gostei — disse Policarpo. — Agora essa cantiga fala a verdade!

— E a professora, com certeza, vai amar! — disse Pitoco, com um sorriso de orelha a orelha.

Adalberto Cornavaca

Autor e ilustrador deste livro, é designer gráfico de longa atuação no mercado de revistas e livros. Ilustrou obras de grandes autores e foi diretor de arte na editora Abril, onde ganhou três vezes o Prêmio Abril de Jornalismo na categoria Artes Gráficas.

O GAMBÁ NA NATUREZA

Os gambás têm fama de malcheirosos, mas isso não corresponde à realidade.

"Isso […] não é verdadeiro nem justo", como diz o sapo Policarpo. Acontece que quando os gambás são atacados por algum predador, eles exalam um forte mau cheiro por meio de uma glândula que acionam para se defender, afugentando, assim, os seus agressores. Mas somente nessas ocasiões é que eles exalam mau cheiro.

O gambazinho da nossa história representa o malcheiroso por causa dessa fama.

Também, por serem confundidos com ratazanas, eles são muito perseguidos por homens que não conhecem a verdadeira natureza desses doces mamíferos nem a importância que eles têm para o meio ambiente. Por se alimentarem principalmente de frutas, eles são ótimos dispersores de sementes, ajudando, assim, no reflorestamento. Outros petiscos que apreciam são as aranhas, os escorpiões e pequenas cobras. Com isso, ajudam a manter o controle populacional desses animais peçonhentos.

Os gambás-de-orelha-preta são também conhecidos por outros nomes, conforme a região do Brasil que habitam. Assim, eles são chamados de: saruê, micurê, timbú, mucura ou raposinha.

Pertencem à família dos marsupiais, a mesma dos coalas e cangurus. Têm hábitos noturnos e medem entre 40 e 50 centímetros de comprimento. A cauda longa tem quase o mesmo comprimento do corpo e serve para se pendurarem nos galhos das árvores.